Creciendo verde

Jeanne Sturm

ROurke
Educational Media
rourkeeducationalmedia.com

www.rourkeeducationalmedia.com

PHOTO CREDITS: Cover: © Katrina Brown, © Jesus Ayala, © Claudia Dewald, © Dean Turner; Title Page, 9: © ranplett; Page 5: © Galyna Andrushko; Page 6: © Bart Coenders; Page 7: © Charlybutcher; Page 8: © Lev Mel; Page 10: © vbotond; Page 11: © Jo Ann Snover; Page 12: © Lisa Fletcher; Page 13: © Alan Crawford; Page 15: © Sergiy Serdyuk; Page 16: © Duane Ellison; Page 17: © David Armentrout (top), © Cathy Yeulet (bottom); Page 18: © Nikolay Titov; Page 19: © Carmen Martínez Banús; Page 21: © Geo Martinez; Page 22: Sadeugra

Edited by Kelli L. Hicks
Cover and Interior design by Tara Raymo
Translation by Dr. Arnhilda Badía

Sturm, Jeanne
Creciendo verdo / Jeanne Sturm
 ISBN 978-1-62717-238-7 (soft cover - Spanish)
 ISBN 978-1-62717-434-3 (e-Book - Spanish)
 ISBN 978-1-61590-301-6 (hard cover - English) (alk. paper)
 ISBN 978-1-61590-540-9 (soft cover - English)
 ISBN 978-1-61741-158-8 (e-Book - English)

Rourke Educational Media
Printed in the United States of America,
North Mankato, Minnesota

rourkeeducationalmedia.com

customerservice@rourkeeducationalmedia.com • PO Box 643328 Vero Beach, Florida 32964

Contenido

¿Qué significa crecer verde?

Crecer verde significa cuidar nuestro mundo. Significa que cuidamos nuestra tierra, nuestro aire y nuestra agua.

Tierra limpia

Es importante que cuidemos nuestro planeta manteniéndolo limpio.

Podemos ayudar botando la basura en los contenedores. Pero, ¿qué más podemos hacer?

Podemos **reciclar** papel, latas, plástico y cristal.

¡Piensa verde!

Manteniendo las baterías viejas fuera de la basura, protegemos nuestra agua y nuestro aire.

Podemos **reutilizar** algunas cosas en lugar de tirarlas.

¿Cuántas botellas plásticas de agua utilizas cada semana? En vez de eso, prueba usando una botella reutilizable.

Comienza una pila de **abono orgánico** con hierba y hojas. Añade sobras de frutas y vegetales. Puedes usar esto para alimentar tu jardín.

Aire limpio

Quemar **combustibles fósiles** como el carbón y el petróleo, añade **dióxido de carbono** que es dañino al aire. Es más fácil ayudar a mantener el aire limpio.

¡Apaga las luces!

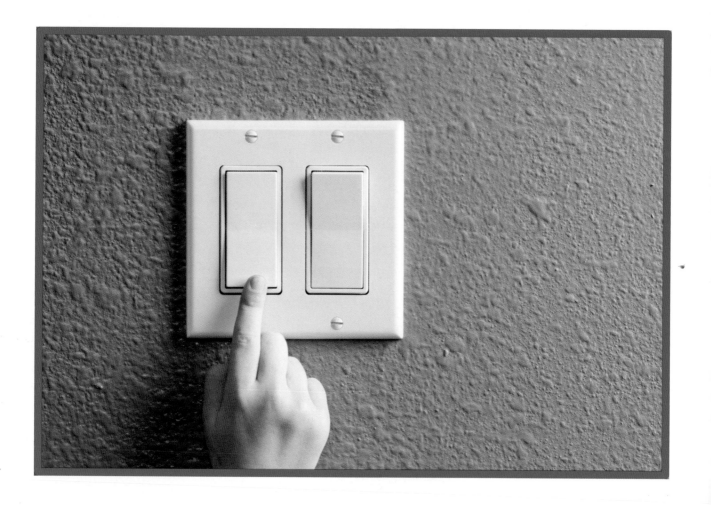

¡Toma el autobús!

¡Monta tu bicicleta!

Planta un árbol. Los árboles eliminan el dióxido de carbono del aire. También mantienen nuestras casas frescas en el verano.

Prueba esto

Reutiliza una caja de cartón de huevos para comenzar tu jardín

- Llena con tierra las secciones de una caja de cartón de huevos vacía.
- Planta semillas en cada sección y échale agua todos los días.
- Cuando las semillas germinen, corta cada una de las secciones de la caja y plántalas de una en una en la tierra.
- Con el tiempo, a medida que crece tu jardín, el cartón de la caja de huevos se irá disolviendo.

Agua limpia

Necesitamos agua limpia para beber y para que los seres vivos puedan crecer. A nosotros nos corresponde usar el agua responsablemente.

¡Piensa verde!

¿Eres responsable al usar el agua?

- *¿Cierras la llave del agua mientras te estás cepillando los dientes?*
- *¿Tomas una ducha corta, de 5 minutos?*

Vivir verde significa hacer cosas que son buenas para el planeta Tierra. ¿Qué puedes tú hacer para ayudar?

RECICLA

REDUCE

REUTILIZA

Glosario

abono orgánico: una mezcla de hojas podridas, restos de vegetales y excrementos de gusanos que pueden ser utilizados para fertilizar plantas en crecimiento

combustibles fósiles: carbón, petróleo y gas natural; fósiles formados a partir de restos de plantas y animales prehistóricos

dióxido de carbono: gas que se forma cuando se queman combustibles fósiles

reciclar: usar el papel viejo, el plástico, el vidrio y el metal para hacer nuevos productos

reutilizar: usar algo de nuevo

Índice

Páginas web para visitar

www.kids.nationalgeographic.com/Stories/SpaceScience/Green-tips

www.healthy-kids-go-green.com

www.planetpals.com

Acerca de la autora

Jeanne Sturm vive en la Florida con su esposo y tres hijos. Ella disfruta montando bicicleta, leyendo y cosiendo. También le gusta hacer windsurf con su familia en el Golfo de México. Jeanne planea tener un huerto y formar una pila de abono orgánico en su patio trasero, mientras mira hacia el futuro en que podrá disfrutar de frutas y vegetales frescos.